AF331990

PLAINTE DE ROME A L'ESPAGNE.

A LILLE:

De l'Imprimerie de Balthazar le Francq demeurant
en la rüe de Clefs, vis à vis le Chevalier Verd.

PLAINTE

DE ROME A L'ESPAGNE.

ELEGIE.

Uand un Roy triomphant, animé d'un
    beau zele,
Va rangeant foubs fes loix l'impie & le
    rebelle,
Quand fon bras, foudroiant la revolte & l'orgueil,
Met, fuivant nos defirs, l'herefie au cercueil ;
Ibere, quel fujet te caufe des alarmes ?
Quel finiftre demon te fait prendre les armes,
Pour rompre les deffeins d'un Prince glorieux,
Qui dreffe un beau trophée à la gloire des Cieux ?
Et comment ofes-tu blamer une entreprife,
Qui vange ta Couronne auffi bien que l'Eglife ?
Toy, qu'on vit autrefois entre toûs les mortels
Avec le plus d'ardeur deffendre mes autels,
Et qui plus de cent fois pour mes feules querelles
As prodigué le fang de tes veines fidelles,
Comment as-tu le front de paroiftre aujourd'huy
D'un peuple audacieux le fouftien & l'appuy,

A 2

Et

Et contre les devoirs de ton augufte race
Pourquoy proteges-tu l'infolence & l'audace ?
Ne te fouvient-il plus , que l'indigne Hollandois
A bravé ton empire & mefprifé tes lois ,
Que rebelle à fon Dieu , de mefme qu'à fes Princes
Il a femé l'erreur par toutes les Provinces ;
Que l'on a veu par luy nos Cloiftres defolés ,
Nos Autels abatus , & nos Temples brulés ;
Que foulant à fes pieds ton brillant Diadéme
Luy-mefme il ufurpa la puiffance fupreme ;
Et faifant avec toy des accords folemnels
Qu'il te fit confentir à fes vœux criminels ?
Cependant quand un Prince auffi prudent que brave
Va comblant de terreur le fuperbe batave ,
Quand fes hardis guerriers , pour un fujet fi beau ,
Affrontent cent dangers fur la terre & fur l'eau ,
Quand l'Iffel & le Rhein , tefmoins de leur victoire ,
Font retentir leur nom jufques à la Mer Noire ;
Ibere , le dépit te vient faifir le cœur ,
Tu tafches d'arrefter ce fortuné vainqueur ,
Ta main donne au batave une affiftance ouverte ,
Pour détourner le coup qui luy porte fa perte ,
Et l'on voit aujourd'huy tes pieux eftendars
Employés au fecours des rebelles rempars.
Tu fais ce que tu peux , & ton cœur fe tourmente ,
Pour troubler de LOUYS la fortune riante ,
Tes fortes legions , qui par leurs beaux exploits ,
Ont autrefois gaigné cent peuples à la Croix ,
N'emploient maintenant leur rufe & leur vaillance
Qu'à combattre l'Eglife en combattant la France.
Mais le mauvais fuccés te condamne en tout lieu ,

La

La cauſe de LOUYS eſt la cauſe de Dieu,
Le Ciel ſe veut ſervir de ce puiſſant Alcide,
Pour terraſſer l'orgueil de cette hidre perfide,
Et nous verrons enfin ſoubs cét auguſte Roy
Renaiſtre l'âge d'or & triompher la Foy.
     Ibere, je veux bien te découvrir mon ame,
Mon cœur brûle pour toy d'une ſincere flame,
Je me ſouviens encor des travaux glorieux,
Qu'ont entrepris pour moy tes illuſtres ayeux,
Je me plais bien ſouvent à lire leur hiſtoire,
Ou voyant leurs combats je contemple leur gloire,
Et tout le monde ſçait que leurs fameux exploits
leur ont acquis le nom de Catholiques Roys.
Je ſçay ce qu'ils ont fait deſſoubs l'autre hemiſphere
Leurs belles actions n'ont eu rien de vulgaire.
Le Gange impetueux, & le Tage opulent,
Qui ſur un ſable d'or roule des flots d'argent,
N'ont rien veu de pareil à ces foudres de guerre,
Qui plus prompts & plus craints que le grondant
     tonnerre,
Vainqueurs & conquerans auſſi-toſt que venus,
Ont ſoûmis à la foy cent climats inconnus.
Auſſi pour ce ſujet, noble & vaillant Ibere,
J'ay fait cent-fois au Ciel une ardente priere,
Afin que ſecondant les projets de ton cœur
Il te fit enchainer la revolte & l'erreur.
Mais quand du Roy des Roys la ſainte providence
Semble avoir deſtiné ce bonheur à la France,
Tu dois laiſſer agir ſes genereux guerriers,
Qui moiſſonnent pour moy mille nobles lauriers.
Tu ſçais que de LOUYS les vaillantes cohortes

Au

Au batave insolent ont pris cent places fortes,
Que ses fleuves profonds, ses Chasteaux, & ses Forts
N'ont pû de ce Monarque arrester les efforts,
Et sans toy ce heros, dessoubs qui tout succombe,
Auroit mis l'heresie à present dans la tombe.

    Mais tu me répondras, que ce Prince vainqueur,
Apres avoir dompté ce fier usurpateur,
Pourra tourner sur toy ses armes triomphantes,
Que tu seras en proie à ses trouppes puissantes,
Et que, pour rompre un coup fatal à ta grandeur,
Tu dois incessamment combattre son bonheur,

    C'est ainsi que discourt la politique humaine,
Cette raison pourtant est impuissante & vaine;
Et tu dois bien sçavoir que le Ciel est l'autheur
De la bonne fortune ainsi que du malheur,
Et qu'il peut, quand il veut, briser comme du verre
Les sceptres redoutés des plus grands de la terre.
En vain l'on se deffend, ou l'on attaque en vain,
A moins que l'on ne soit soustenu de sa main,
Et comme l'ocean à ses bornes prescrites,
De mesme chaque empire à de luy ses limites.
Il ne faut point pourtant rester les bras croisés,
Quand on est en peril de se voir oppressés,
La raison nous deffend d'esperer des miracles,
Et veut dans le besoin qu'on force les obstacles.
Mais un Prince Chrestien, pour vivre glorieux,
Doit tout sacrifier aux interests des Cieux,
Il doit perdre plustost son sceptre & sa franchise
Qu'interrompre le cours des progrés de l'Eglise,
Enfin, Ibere, il doit aux despens de son sang

Restablir

Reſtablir mes autels & conſerver mon rang.

Tu me diras encor , quand ta haute vaillance
Ramenoit le Batave à ton obeyſſance ,
Que la France employa ce qu'elle eut de vigueur
A nourrir la diſcorde & fomenter l'erreur.

Sçache, ſçache pourtant , qu'alors cette couronne
Ne verſoit point l'éclat qu'à preſent elle donne ,
Qu'un tas de factieux , de brigans , de larrons
Luy deſchiroient alors ſes plus riches fleurons ,
Que par ſon grand pouvoir la diſcorde animée
Embrazoit tous les cœurs de ſa torche allumée ,
Qu'il ne faut s'eſtonner dans ces triſtes deſtins
Si des mutins donnoient aſſiſtance aux mutins.

Mais encor ſuppoſons qu'en cette conjoncture
Tu receus de la France une ſenſible injure ,
Que la revolte alors ſans force & ſans ſecours
Eut veu trancher par toy la trame de ſes jours.
Eſt-ce à toy pour mal faire un ſujet aſſés ample ?
Eſt-ce qu'il eſt permis de faillir par exemple ,
Et quelque furieux ſe poignardant le ſein
Nous authoriſe-t'il à ſuivre ſon deſſein ?

Si malgré ces raiſons ton ame ambitieuſe
Rejette de mes vœux la demande pieuſe ,
Toy, qui cherches ſur tout un illuſtre renom ,
Du moins ne ſouille point l'eclat de ton beau nom.
Penſe à ce que dira la noire mediſance
Te voyant aſſiſter le crime & la licence ,
Et croy qu'il eſt honteux de trahir ſon devoir
Pour vouloir appuyer un injuſte pouvoir.

Rentre

Rentre donc en toy-mesme , & quitte une entre-
   prise
Fatale à ton honneur aussi bien qu'à l'Eglise,
Tesmoigne ouvertement à tous les Potentats
Qu'à la religion tu soûmets tes Estats ,
Que ses seuls intetests font tes soins & ta gloire ,
Que tu vois d'un œil gay de LOUYS la victoire,
Puis qu'elle est aujourd'huy l'instrument precieux
Qui ramene l'erreur au vray culte des Cieux.
Laisse un peuple rebelle au pouvoir de la France ,
Refuse à cét ingr at ta royalle assistance ,
Et que pour tout honneur il soit mis dans les fers
Par le plus grand Heros qu'ait produit l'Univers.

F I N.